L'ANGLOIS
A PARIS.

Se trouve A PARIS,

Chez VALADE, Libraire, rue S. Jacques, vis-à-vis la rue de la Parcheminerie, à S. Jacques & au Griffon.

LOUIS AUGUSTE DE FRANCE DAUPHIN
Né à Versailles le 23. Aoust 1754.

LE COSMOPOLISME,

PUBLIÉ A LONDRES

A l'occasion du mariage de LOUIS-AUGUSTE, DAUPHIN *de France.*

OUVRAGE TRADUIT DE L'ANGLOIS.

Homo sum, nihil humani à me alienum puto. *Terence.*

A AMSTERDAM.

M. DCC. LXX

A MONSIEUR

DE S. H. A.

JAMAIS le Veau d'Or n'obtint mon hommage ; l'Amitié est la seule idole que j'encense ; elle devoit suffire à nos cœurs : auprès d'elle on oublie, on brave l'Amour & l'Ambition, Divinités enchanteresses & cruelles par qui le monde est embelli & ravagé. L'ouvrage que je vous offre est un tribut dont j'ai cru devoir m'acquitter envers la nature

& la société ; l'esprit des Nations seroit-il incompatible avec la bienveillance universelle ? Ce n'est pas votre opinion ni la mienne. Peut-être sommes-nous à cet égard un peu chimériques ; qu'importe ? si cette illusion fait notre bonheur & peut nous rendre vertueux. Lorsque les mers nous sépareront, daignez relire cet écrit comme un monument de ma sensibilité & de l'estime affectueuse avec laquelle je suis,

MONSIEUR,

Votre très-humble serviteur.

AVERTISSEMENT

DU TRADUCTEUR.

LE Public qui ſait lire, reconnoîtra ſans peine l'Auteur de cet ouvrage : il a été composé dans le tumulte de nos fêtes. Lié fort étroitement avec cet Ecrivain, j'ai traduit ſes idées preſqu'en même-tems qu'elles ſont écloſes. Il a bien voulu revoir ma traduction : mais je ne dois pas le diſſimuler, malgré ſes ſoins & mes efforts la copie n'a point l'expreſſion de l'original. Au reſte, ce Coſmopolite n'aſpire nullement à nos honneurs littéraires ; ſon objet eſt rempli, s'il contribue à maintenir l'intelligence entre des Nations moins alliées qu'ennemies, & qui pourroient s'aimer autant qu'elles se craignent & qu'elles s'estiment.

LE COSMOPOLISME.

EXCÉDÉ du fracas des discordes civiles, loin des chimeres de l'ambition, loin du fanatisme de l'indépendance, je viens jouir (*a*) à la dérobée sous un ciel serein du bonheur de notre rivale; bonheur, hélas! trop dédaigné dans ma patrie, non moins

(*a*) Le Roi d'Angleterre pour détourner ses sujets d'aller en France perdre leurs guinées au fêtes du mariage de l'Héritier du Trône, avoit annoncé des courses de chevaux, & des divertissements de gymnastique, pendant cet intervalle.

agitée que les flots qui l'environnent.

Une immense Famille rassemblée par l'amour autour du Trône de son chef, se livre avec sécurité aux transports de l'allégresse; le souvenir des vertus de ses Souverains, réalise dans le cœur du François les biens nouveaux qu'il attend de leur successeur; aux avantages dont jouissent les peres, sous un Roi pacifique & bienfaisant, se réunit l'avant-goût d'une paix & d'un bonheur inaltérable, préparé à la génération naissante, par les nœuds du plus auguste Hymen; nœuds sacrés, qui éterniseront la splendeur & l'amitié dans les deux premieres Maisons du monde, & qui promettent aux sages (1) qui les ont tissus, l'affection des peuples, l'estime de l'Europe, & la reconnoissance de la postérité.

O mes Compatriotes! quel génie nous inspire? Insensibles au repos, victimes de la fortune, plus dociles

(Les Notes sont à la fin).

aux impulſions de l'orgueil, qu'aux Oracles de la ſageſſe & aux inſpirations ſalutaires de l'humanité, pourquoi dédaignons-nous un exemple ſi touchant ? pourquoi différons-nous d'élever un autel à la concorde dans nos triſtes foyers ? Allons partager avec les nations qui nous environnent, les fruits céleſtes que nous offrent la modération, la bienveillance & la fraternité. (2) Qui donnera des fers à l'ambition qui nous tourmente ? Elle ſeule renverſe les Empires ; elle corrompt & ceux qui gouvernent & ceux qui obéiſſent. Son ſouffle épidémique eſt plus déſaſtreux que les ouragans par qui nos mâts ſont fracaſſés, & nos eſcadres précipitées dans les gouffres des mers.

Ah ! ſi l'Angleterre pouvoit ſecouer un préjugé qui l'égare, fouler aux pieds des ſentiments qui l'aviliſſent, & renoncer à des prétentions qui, loin d'accroître sa puissance, l'ont trop visiblement affoiblie ; si l'Angleterre avoit le courage d'être juste envers une Alliée qui l'estime & la plaint ; si par un héroïsme inoui nous pouvions suspendre nos ressentiments envers un peuple qui nous tend les bras, malgré nos torts, & à qui nous devons une partie de nos lumieres & de notre industrie ; répondez, que manqueroit-il alors à la sécurité commune ? A l'aspect de cette triple alliance, qui oseroit troubler le repos de l'Europe, & mettre obstacle aux progrès de la raison dans nos climats fortunés ?

Lorsque l'Angleterre ensanglantoit les mers, embrasoit les deux mondes pour soutenir une prééminence illusoire, & pour ravir à ses voisins des possessions qui déja lui sont à charge, & qui lui seront tôt ou tard enlevées ; lorsque l'Angleterre ivre de ses exploits, conseillée par la haine & l'avarice, déposoit dans nos mains triomphantes le glaive & la torche fatale qui devoit anéantir sur les côtes de l'Inde une Cité florissante, ouvrage de la constance & du génie; lorsque nos Légions forcenées combloient un port avantageux aux nations, & arrachoient des entrailles de la terre les derniers débris d'une Colonie par qui cent hordes Sauvages pouvoient un jour être policées; tout en obéissant à ces ordres cruels, car il faut obéir à la patrie jusques dans ses fureurs, je me disois: se peut-il que l'homme devienne quelquefois criminel en accomplissant ses devoirs! se peut-il qu'un citoyen s'avilisse en mourant pour sa patrie! Nos mains glorieusement homicides font une playe cruelle au droit des gens. Qui voudra sacrifier à la magnanimité si l'Angleterre abandonne ses autels à la licence de ſes guerriers? Que ne puiſ-je éteindre de mes pleurs l'incendie allumée par la vengeance ? Dieu ! l'Anglois vertueux & Philoſophe , l'Anglois généreux & magnanime au milieu des diſgraces, oublie la juſtice entre les bras de la gloire! La proſpérité nous déprave, & le cri de la victoire étouffe en nous le ſentiment de l'humanité! Louis dans les champs de Fontenoi répandit des larmes ſur le ſort de nos freres égorgés, traita l'Anglois captif comme ſes ſujets triomphants, & nous l'outrageons aujourd'hui par des excès dignes des barbares. Pour être à ſix mille lieues de notre Iſle devons-nous oublier la vertu qui nous diſtingue entre tous les peuples ? (3)

L'hiſtoire nous montre des nations abominables, ſurchargées de crimes, heureux, dignes de la plus exécrable immortalité; des nations monſtrueuſement religieuſes, qui ont oſé demander au pere commun des hommes la deſtruction de ſes enfants, & qui dans le délire de leurs triomphes, ſont venues dépoſer à ſes pieds les dépouilles de leurs freres égorgés ; nations inſatiables & féroces, qui dans leur abſurde égoïſme, regardant le travail & la juſtice comme les vertus des foibles, le brigandage & la cruauté comme le droit des forts, ſe ſont fait un jeu cruel du malheur de leurs ſemblables, ont briſé les ſceptres, bouleverſé les Empires, dépeuplé les continents, trainé les peuples en ſervitude, avili, mutilé, déchiré l'eſpece humaine... (4) Que fuyent ces vieillards, ces enfants & ces femmes ? eſt-ce un nouveau déluge ? une épidémie, un volcan déſaſtreux ? ſont-ce des tygres échappés de leur priſon, ou des lions affamés ? non, c'eſt un Dieu de la terre qui en vient dévorer les malheureux habitans. O jour ! ô déplorable jour ! où le Ciel vit pour la premiere fois sur la terre ensanglantée, des membres épars, des cadavres palpitans, des hommes massacrés par des hommes ; playe mortelle faite à l'espece humaine ! elle a presqu'entierement effacé dans nos cœurs la divine empreinte de l'humanité. O mes semblables ! descendons en nous-mêmes, nous y rencontrerons la pitié, l'attrayante pitié nous rapprochera les uns des autres. Nous sommes nés sensibles & bons ; ce n'est point la Nature qui nous arme d'un fer homicide ; elle n'a gravé en nous que des sentiments de conservation & d'amour ; attentif à sa voix, l'homme n'eût jamais défiguré son image ; les passions haineuses, les passions exclusives, n'auroient jamais distilé leur venin sur son ame ; en paix avec les autres comme avec lui-même, il n'eût employé d'efforts

forts que pour leur être utile & jouir avec eux. Mais depuis que la force a usurpé les droits de l'humanité, tout a changé de face sur la terre; la licence & l'intérêt sont devenus les arbitres du monde; ce n'est plus l'égarement du désespoir qui livre nos soldats à la fureur du glaive; aujourd'hui la sublime raison calculant les hasards, dévoue froidement cinquante mille têtes au trépas; le compas à la main, l'homme de génie trace sans remords une scène de carnage; il établit avec une célérité merveilleuse une batterie de tonnerres, & fait donner à chacun d'eux, géométriquement, l'explosion la plus meurtriere possible.

Par quelle fatalité les dons de la terre & du Ciel se sont-ils corrompus dans les mains d'un Être raisonnable & compatissant? comment tous les moyens donnés pour le bonheur du genre humain font-ils aujourd'hui fon malheur & fa honte ? Le fer aiguifé pour fillonner la terre , eft devenu l'inftrument de la difcorde & de la perfidie ; l'or établi pour accélérer les échanges , n'a fervi qu'à multiplier à l'excès nos befoins & nos vices ; le feu déployant fa puiffance au gré de l'ambition pour embrâfer nos villes & dévorer leurs paifibles habitants, eft devenu plus pernicieux qu'utile aux fociétés ; transformés en poifons par la haine ou l'intérêt, les végétaux deftinés à prolonger notre exiftence, ont porté dans nos entrailles, la douleur & la rage ; que fçai-je ? tous les éléments, la Nature entiere, par un horrible accord, a fecondé nos fureurs; jufqu'à la raifon, a voulu juftifier nos atrocités par fes fophifmes: la Religion elle-même! la Religion! defcendue des Cieux pour refferrer les liens de l'humanité , & pour donner une ſanction divine au droit des gens; la Religion deſtinée ce ſemble à ſeconder la Philoſophie afin d'éclairer les eſprits, d'adoucir les mœurs, & d'arracher l'homme ſauvage de la miſere; ô honte! la Religion n'a ſervi qu'à fomenter nos vices par les exemples de Divinités imaginaires plus avides, plus féroces & plus viles que leurs adorateurs; la Religion éterniſant les haines nationales a rendu les peuples ennemis les uns des autres, ennemis d'eux-mêmes, (5) les fléaux & l'opprobre de l'Univers.

Cet heureux ſentiment que la Nature inſpire aux Individus de même eſpece; Inſtinct ſacré dont le Légiſlateur des Chrétiens voulut faire un mérite à l'homme, en l'érigeant en vertu, & la plaçant à la tête de ſon code immortel; la Fraternité combattue par les maximes de l'intolérance, & avilie par le fanatiſme du zèle, n'a commencée à rentrer dans ſes droits que depuis la renaiſſance des Lettres. Elle doit la gloire dont elle jouit, aux efforts des Coſmopolites. Ramenée par eux dans l'Europe, ſous les noms de Bienveillance & d'Humanité, cette vertu pourra s'annoncer à nos neveux comme la fille du malheur & de la Philoſophie. Elle déployera à leurs regards épouvantés la longue chaîne de cataſtrophes qui ont précédées ſon retour ſur la terre. Ils verront l'horrible Fanatiſme tel qu'il fut dans tous les ſiécles, tel qu'il eſt par eſſence ; acharné ſur le ſein de ſes eſclaves, ſe déchirant lui-même les entrailles, prenant les excès pour la vertu, ſubſtituant l'abjection à l'honnêteté, les préjugés aux remords, l'eſclavage à l'obéiſſance, n'aſpirant qu'à l'impoſſible, & s'efforçant d'établir que l'ignorance & la ſtupidité honorent le Créateur plus que l'intelligence & le ſavoir.

Semblables à ces Maîtres du monde qui dédaignant la gloire du Trône, & chauſſant le cothurne, montoient ſur le théâtre pour diſputer à des eſclaves la gloire des Hiſtrions; cent fois nos Souverains ſont deſcendus dans l'arêne pour livrer des combats d'erreurs, & annoblir par l'éclat du Trône d'obſcurs Sophiſtes acharnés ſur des queſtions indifférentes au Ciel & funeſtes au repos de la terre. Mille années de criſes & de barbarie ont à peine ſuffi pour ramener les eſprits à la vérité. Les Prêtres, quoi qu'on en diſe, les Prêtres ne ſont point les Athletes de l'opinion; les aſſauts de doctrine ſont faits pour le Lycée, non pour le Sanctuaire, & les Myſtères ineffables renfermés dans nos Tabernacles, ne ſont deſtinés, ni à exercer leur ſagacité, ni à éclairer la raifon, mais uniquement à fanctifier l'obéiffance (*b*).

Autrefois l'empire des ames appartenoit à la Philofophie ; elle n'a vu qu'avec dépit les conquêtes du Chriftianifme; mais les caufes qui lui avoient enlevé fes droits à l'enfeignement public, lui ont en partie reftitué fon domaine : affez puiffante pour faire le bien, qu'elle renonce déformais aux prétentions exclufives; elle ne peut fe diffimuler que les mœurs ne doivent beaucoup au Chriftianifme.

Au refte, fi les Philofophes font redevables au Clergé, le Clergé à fon tour doit à la Philofophie fon éclat

---

(*b*) D'après la fomme des Conciles, l'Auteur juge que les Miniftres du Ciel devroient s'interdire toute efpece de controverfes fur les matieres Dogmatiques. Quant à la Morale, l'arêne doit être ouverte à tous les hommes ; chacun ayant dans fon cœur un flambeau que le fouffle des controverfes n'éteindra jamais.

le plus ſolide; la haine & la guerre qui regnent entre ces deux corps, les maintiennent dans un état de vigueur & d'activité qu'ils perdroient bientôt ſans elles. Depuis le réveil de la raiſon, nos Prêtres devenus citoyens, rougiroient d'avilir la Majeſté ſouveraine, d'afficher l'égoïſme & de prêcher l'intolérance. Nos Philoſophes contenus & obſervés par eux, ſont dans l'heureuſe impuiſſance de nuire aux eſprits en voulant ſaper la baſe des préjugés. La licence des ſyſtêmes néceſſaire au développement de la vérité, ne ſçauroit pénétrer la maſſe des mœurs, parce que l'erreur & l'équivoque agitées vivement de part & d'autre, ne peuvent ſe traveſtir impunément : ſans ceſſe aux priſes, les deux partis avides de prééminence, ſe maltraitent ſans relâche au profit de la raiſon. Un ſeul évenement eſt à craindre dans ces combats, c'eſt que le bon parti n'écrase enfin le mauvais ; à coup sûr on verroit l'insolence & la folie monter aux côtés du vainqueur sur le char de triomphe ; & tout seroit perdu, tout rentreroit bientôt dans l'ancien cahos.

Puissent la bienveillance & l'humanité tempérer à la fois, & le fanatisme de la Philosophie, & le fanatisme de la Religion ! double écueil également pernicieux aux sociétés & aux individus qui les composent. Il est démontré par les fastes de la vengeance, que la chûte des Empires & l'esclavage des hommes sont moins l'effet de la corruption domestique, que de l'Intolérance & de l'Apathie nationale.

Pourquoi le Cosmopolisme est-il donc si rare sous cette planette ? A peine a-t-il un sens parmi nous : la plupart de nos langues si riches en mots honteux & barbares, n'ont rien qui peigne les premiers ſentimens de l'homme ſocial. Un ſourire riſiblement dédaigneux eſt la récompenſe de quiconque oſe parler d'humanité aux nations. Noble & touchante humanité ! à ton foyer s'allume & s'épure dans nos ames le feu ſacré des vertus privées & des vertus politiques (*6*) ; mais on t'abandonne, on te mépriſe, on t'inſulte avec orgueil, on encenſe d'odieux Simulacres, & tes temples ſont déſerts. Nous avons des Maîtres pour enſeigner à nos enfans les langues des nations qui n'exiſtent plus ; en eſt-il un ſeul deſtiné à leur apprendre celle de la nature ? Des hommes d'une haute réputation nous montrent à grands frais à ſaluer avec grace nos ſemblables ; qui nous apprendra à les traiter avec humanité, à leur ſacrifier l'or que nous proſtituons à la débauche ? Par-tout des écoles où l'on inſtruit la jeuneſſe dans l'art de s'entr'égorger méthodiquement; aucune école de droit naturel; pas un Inſtituteur de droit public (7).

Quand Milord Bolimbrock (*c*) obſervoit que les nations, par l'eſprit de gouvernement qui les individualiſe, reſſemblent aux eſpeces vivantes de la nature; il ne nous calomnioit point. Tel peuple, diſoit ce politique, eſt rempli d'aſtuce comme les Renards; tel autre ne veut reſſembler qu'au Tigre; un petit nombre, à l'inſtar des Abeilles, ſe plaît à vivre de leur induſtrie, tandis que mille eſſains vagabons bourdonnant autour d'elles, épient le moment d'enlever leur ouvrage: ici l'on voit des Aigles avides de lumiere, amies des élans & du grand air; là, ſemblable aux Hiboux, on cherche la ſolitude & les ténebres;

(*c*) Daus ſon traité ſur les intérêts reſpectifs des nations Européennes. Ouvrage MS.

trop reſſemblant à nos animaux immondes, quelqu'autre aime la fange & s'y endort.

Dans ce ſiécle étonnant vous trouvez l'image de tous les ſiécles. Tel Empire après ſix cents ans d'exiſtence, eſt encore engourdi dans la barbarie; tel autre qui le mépriſe eſt à peine au-deſſus du néant; celui-ci lutte contre la vérité; celui-ci contre la ſuperſtition; celui-ci contre la nature: près d'un peuple libre gît un peuple eſclave; non loin d'eux eſt arboré l'étendart du IXe ſiecle; la lumiere environne certains autres, elle s'élance en tourbillons ſur les têtes, & l'on diroit qu'un mur d'airain les ſépare de la vérité. Heureux l'homme qui n'a point à rougir de ſa poſition! heureux le Citoyen qui peut ſe dire, en parcourant les annales du monde: il n'eſt aucun de ces gouvernemens que j'euſſe choiſi pour ma patrie, car aucun d'eux n'est supérieur à celui où m'a jetté le hasard.

La législation sans doute est encore dans l'enfance sur la terre ; les peuples jusqu'ici ont moins travaillé pour leur bien que pour leur mutuelle destruction ; jamais nous n'employerons autant d'efforts pour nous éclairer, que nos peres en ont réuni pour s'abrutir ; les grands problêmes de l'Economique, objet de nos Académies, sont encore dans le germe ; parce que les sociétés n'osent marcher à leur but que par des voies tortueuses ; parce que les besoins de la deffensive toujours renaissans, leur enlevent des jours donnés pour se perfectionner.

Mais quelques pénibles que soient nos efforts ; quelques foibles que soient nos succès ; rien ne doit rallentir notre ardeur : l'espace que nous avons à franchir doit moins nous attrister, que l'espace déja parcouru ne doit nous enhardir. Quand nous souffrons pour la liberté, pour la justice ou pour la gloire, oublions nos maux en les comparant. O mes Concitoyens ! comparons-nous à nous-mêmes (8) ; rapprochons-nous de ces nations qui se traînent sur nos pas ; quelle distance d'elles à nous ! que leur existence est chancelante & leur Ciel orageux ! quel Gouvernement ! quelles discordances dans leur législation ! Des volontés sans influence, des mouvemens sans effets, des corps sans chaleur & sans vie. Parcourez la Pologne, Monarchie vaste & foible, région féconde & pauvre : nulle énergie dans ce peuple ; nul accord entre ses Membres. A l'ignorance, à l'oisiveté, à l'inflexible caractère de leurs ancêtres, les Sarmates modernes ont trouvé l'art d'associer les défauts & les vices des peuples civilisés : le Palatin livré au luxe, dépouille ses vassaux pour s'amollir ; il enrichit les Etats voisins au préjudice d'un peuple trop esclave pour être industrieux. Qu'est-ce qu'un Gouvernement où les loix abandonnent une moitié de la nation aux caprices de l'autre ? Qu'est-ce qu'une nation qui prenant la servitude pour l'obéissance & l'indépendance pour la liberté, voit tous ses Membres dans un état habituel de violence & d'inertie, qui ôte aux uns le courage, aux autres la crainte, à ceux-ci la puissance, à tous l'esprit de subordination, de patriotisme & d'humanité ? Qu'est-ce qu'une Monarchie dont le Souverain, sans pouvoir & sans éclat sur le trône, n'a pas même le droit d'arrêter la licence, d'illustrer les talens & le mérite, de réformer les abus, de s'occuper efficacement du bonheur de ses sujets ? car la crainte des vices du Maître a fait donner un frein à ses vertus mêmes ; & sous prétexte d'enchaîner le pouvoir arbitraire d'un seul, on y autorise la licence & le despotisme de plusieurs.

D'une autre part, considérez l'Empire des anciens Califes : là, jusqu'à la maniere de rendre la justice, inspire l'effroi loin d'exciter la confiance & l'activité : là tout se concentre, l'intérêt personnel est isolé, l'heureux concours des individus au bien général est nul ainsi que l'orgueil & les autres jouissances attachées au doux nom de patrie : là, comme le remarque un de nos grands (*d*) Ministres, on ne vit que parce qu'on manque de courage pour cesser d'être vil & misérable. Les armées qui sont la confiance des Souverains, sont la terreur du Sultan ; exposé aux tempêtes au milieu du calme du Sérail, il cherche vainement le repos & le bonheur au sein d'une volupté captive & languissante. La

(*d*) Le Chevalier Walpoole, dans son Testament politique.

défiance qui de ſon ombre couvre le trône, eſt ſans ceſſe occupée à renverſer les idoles que la baſſeſſe ou l'avarice avoient élevées. Uniquement attentif à maintenir les eſprits dans les ténebres, l'orgueil Muſulman croiroit s'avilir en ſuivant les traces de l'Europe infatigable; il dédaigne la culture des arts, & s'épuiſe pour acquérir les productions de l'art. Chez ce peuple innombrable, la volonté ſouveraine qui pourroit tout, demeure immobile, parce que la Religion plus forte que l'exemple, plus impérieuſe que la gloire, plus puiſſante que la nature & la raiſon, commande à ſes eſclaves le mépris des talens, la haine des nations, & leur fait un crime de toute eſpece de perfectibilité.

Entre ces deux extrêmes de Gouvernement, l'Angleterre & la France orgueilleuſes de leur poſition, contemplent en pitié le ſort de ces infortunés.

tunés. Toutes deux amies des plaisirs & de la liberté, l'une & l'autre enthousiaste des talens & de l'industrie, marche à la gloire par des routes communes & différentes : le François confiant, doux & volage, amasse pour dissiper, travaille pour l'honneur, accomplit ses devoirs, jouit de ses droits sans soucis du passé & sans crainte pour l'avenir. L'Anglois sombre, méfiant & pensif, s'occupe, entasse, desire beaucoup & jouit quelquefois ; sans cesse il pese ses droits, calcule ses devoirs & dispute avec ardeur ses moindres prérogatives..... L'un trop vif & trop souple pour redouter les chaînes, plaisante sur la tyrannie, voltige & dort sur les fleurs, éloignant de lui tout soin capable d'altérer sa gaieté. L'autre effarouché au souvenir des innombrables maux de l'esclavage, ne croit pas que la prudence permette à l'homme de jamais poser les armes devant l'affreux despotisme.... La main qui tient le sceptre est adorée sur les rives de la Seine: Louis est une Divinité bienfaisante aux yeux du François : le plus obscur des Citoyens accourt des extrémités de la Monarchie pour contempler un instant celui qui la maintient si florissante : un mot sorti de la bouche du Monarque honore jusqu'aux derniers neveux : la vanité Françoise à l'aspect de cet astre, tressaille & s'enflâme : on s'identifie avec lui, avec la nation, avec ceux même qui envient sa gloire : fut-on malheureux, dès qu'on se rappelle qu'on est François, tous les maux s'évanouissent ; on devient heureux du bonheur de son Roi, riche de ses trésors, fier de sa puissance, yvre de sa grandeur: l'impétueuse obéissance dont la volonté souveraine est armée, donne à ce Gouvernement une énergie capable d'opérer des prodiges, & qui l'a cent fois ſauvée du naufrage. Parmi nous au contraire, le Souverain diviſé en pluſieurs membres épars, n'eſt pour ainſi dire qu'un être moral inacceſſible aux ſens & preſque nul pour le peuple : notre Roi moins fait pour repréſenter la Majeſté Britannique que pour nourrir en nous la haine de la Royauté, n'eſt qu'un fantôme de puiſſance dont la volonté, dont la vie même eſt entre les mains de ceux qu'il nomme ſes ſujets : Monarque enchaîné qui tient le gouvernail & ne peut le mouvoir, qui veut le bien & n'oſe l'entreprendre; nous lui diſputons le terrein pied à pied, nous ſondons avec cruauté les replis de ſon ame, nous interprêtons indécemment ſes paroles les moins offençantes; l'on épie tous ſes mouvemens, l'on s'arme avec fureur contre ſes plus nobles deſſeins; & pour autorifer ces excès, nos graves politiques s'entre-difent fierement : la France eft efclave, fon repos n'eft qu'un fommeil léthargique ; il faut craindre & prévenir une femblable deftinée. La France eft efclave ! Dans un Gouvernement où les propriétés font fi facrées, & dont les membres indépendans les uns des autres, ne fentent aucun joug que celui de la loi, ne connoiffent d'autre volonté que leur volonté même modifiée par l'honneur & la juftice ? La France eft efclave ! Dans un Gouvernement où le dernier des Citoyens cite au pied des Tribunaux les premiers de la nation, y traite en égal avec les defcendans du trône, y défend fes droits contre le Souverain lui-même, fait punir la grandeur & l'opulence de fes injuftices, & peut braver impunément fon crédit, fes menaces & fa haine ? La France eft efclave ! Qu'on me montre l'empreinte de fes fers ?

Les Bourbons ne ſont point nés pour commander à des eſclaves ; ils abandonnent cet honneur à la populace des Rois.

Si nous ne liſions point, je pardonnerois cette prévention à mes injuſtes Concitoyens ; mais nos écrits politiques, dépoſitaires de l'eſprit des nations & des évenemens qui les diſtinguent, font chaque jour retentir nos murs des ſentimens de ce peuple honnête. Des corps auguſtes échappés aux ravages de l'anarchie féodale, appellés par les Rois mêmes pour ſervir de barrieres à l'autorité ſouveraine, veiller aux déſordres publics & oppoſer le bouclier des loix aux vices des grands & des petits ; chaque jour, guidés par la ſageſſe & le patriotiſme, ces hommes révérés deſcendent de leurs Tribunaux, percent la foule du courtiſan, ramenent au pied du trône la justice & la vérité fugitives, & par d'affligeantes images humanisent l'orgueil du rang suprême, lui rappellant d'une voix mâle & respectueuse les abus de l'administration, les écarts des Ministres, les devoirs sacrés des Rois, & les droits non moins sacrés des peuples. Anglois, dans ces harangues dignes de la Tribune, je n'apperçois rien qui les distingue des nôtres, si ce n'est peut-être la décence & l'équité qu'elles respirent (9).

Il est vrai qu'en France il n'est point libre à la populace de cabaler impunément, de s'attrouper au signal de la folie, de s'abandonner à la fougue impétueuse de ses caprices & de ses erreurs ; il est bien vrai que l'Anglois jouit seul du droit de se venger de ceux que le fanatisme désigne ses ennemis, de traîner à l'échaffaut les défenseurs de la patrie quand ils n'ont point fait l'impoſſible (*e*), de déchirer les Miniſtres qui lui déplaiſent, de décerner le triomphe à qui favoriſe ſes excès, d'inſulter à la perſonne ſacrée des Miniſtres étrangers, d'outrager, & dans ſes écrits, & ſur les Théâtres des hommes & des nations reſpectables, & de remplir l'Europe du glorieux éclat de ſes diſſentions domeſtiques.

Nous céderons, mais trop tard, à la vérité qui nous menace, à l'expérience de tous les ſiécles. Seuls avec notre orgueil, avec la haine, avec l'envie, l'avarice & les ſoupçons dévorants, nous gémiſſons accablés ſous le poids de la noire mélancolie. L'inſolente ruſticité de notre peuple, ſa brutalité féroce, éloigne le voyageur

(*e*) L'Amiral Bingg, entre mille autres, peut ſervir d'exemple.

de nos villes. Leur séjour nous devient insipide, nous le fuyons, nous nous fuyons nous-mêmes, le désespoir & l'ennui nous poursuivent, la mort est trop souvent l'asyle qui nous dérobe au malheur d'être. Le repos & le bonheur ne seroient-ils donc réservés qu'à nos ennemis ? Ah ! l'Elisée se trouve où la modération respire : aimons au lieu de haïr ; jouissons, au lieu d'entasser ; partageons, au lieu d'exclure. Qu'importe à l'Angleterre le vain & ruineux honneur d'être la dominatrice (10) des mers & l'arbitre de l'Europe ? Trop altiere & trop foible de sa nature pour jouer un rôle si périlleux, si ennivrant, si sublime, elle doit renoncer à des prétentions incompatibles avec son caractère & ses véritables intérêts. Par l'industrie, par la constance & la probité, appellons à nous les richesses des nations, méritons leur eſtime & leur amitié, voilà les conquêtes dignes d'un peuple éclairé qui veut commander à ſes Rois. Déſabuſons l'Europe de ſes ſoupçons trop fondés (11), & perſuadons-nous que la France doit être à la fois & notre rivale & notre amie, qu'elle eſt eſſentielle à notre émulation, à nos vertus mêmes ; qu'elle peut influer ſur nos plaiſirs, nous ſeconder par ſes lumieres, nous élever encore par ſon induſtrie, & nous être utile même par ſes erreurs & par ſes vices.

Modèle unique des Monarchies, famille heureuſe, dont le pere & les enfants réunis par la conſcience de leurs beſoins réciproques, ne s'obſervent que pour s'encourager, & concourir à l'envi à leur gloire, à leur repos, à leur félicité commune, puiſſiez-vous long-tems ſubſiſter, & pour vous mêmes, & pour apprendre à tous les peuples, que la confiance, la subordination & l'équité doivent former la base de toute espece de gouvernement ; qu'on est par-tout heureux & libre, lorsque le maître & les sujets également éclairés sur leurs droits, comme sur leurs devoirs, chérissent la patrie, aiment leurs Alliés, tolerent leurs ennemis, savent vivre avec tous les hommes. Oui : si la France persévere dans ses maximes pacifiques ; si la discipline militaire & la marine, n'ont chez elle pour objet que le maintien de l'activité au dedans & du respect au dehors ; si loin d'absorber le commerce étranger, elle sait se borner aux échanges de son superflu ; si la nation dirige enfin ses mouvements sur la culture des productions du sol, & circonscrit ses vrais besoins dans les limites d'un commerce intérieur ; j'ose le prédire, la France est à l'abri des révolutions qui nous menacent ; elle pourra braver ses ambitieux ennemis, sans autre arme que le bouclier.

O vous à qui les vœux du François, autant que la naissance, destinent la premiere Couronne de l'Europe, le sang de Henri IV, qui coule dans vos veines, vous rendra sans doute humain, juste & magnanime. Comme lui vous respecterez les droits des nations qui vous environnent ; loin de les diviser, vous chercherez à concilier leurs différends, à déraciner leurs préventions & leurs jalousies destructives ; vous aimerez mieux acquérir une vertu, chasser un vice de vos Etats, que d'y ajouter une Province acquise au prix du sang humain : comme lui détestant le vice & méprisant l'adulation, vous accueillerez le mérite & la candeur ; vous serez populaire, accessible aux ſoupirs de l'homme obſcur & délaiſſé (12); comme lui vous irez au-devant de la vérité; de la vérité, captive & tremblante aux pieds des Trônes; de la vérité, méconnue, calomniée, trahie dans tous les tems; de la vérité, flétrie par ceux qui devoient l'honorer, l'adorer même, & dont elle eût diviniſé la mémoire. Quoique triſte, quoique ſévere, importune, & menaçante, vous ne craindrez point de converſer avec elle. Jamais pure, lorſqu'elle a traverſé les Provinces au milieu du cortége de la renommée, ſouvent elle vous ſera plus utile, & vous paroîtra plus touchante ſur les lévres de l'artiſan, naif & groſſier. Aux extrêmités d'un vaſte Empire, au ſein des hameaux ſont enfouis des milliers d'infortunés, victimes innocentes des événements, victimes des loix générales & des abus inévitables dans toute administration compliquée : là, vous vous convainquerez enfin, que sous un Roi bienfaisant, il est possible que certaines classes du peuple gémissent dans l'indigence & l'oppression ; ah ! par-tout le cœur & l'esprit d'un Souverain recevroit des leçons importantes de la vérité. Elle lui apparoîtroit sous les lambeaux de l'orphelin dépouillé par la chicane ; sur cette table qui n'offre au travail assidu qu'une nourriture dégoutante & mal-saine, sur cette pauvre charrue trainée par une chévre & par une vache éclopée ; autour de ces époux à qui le vice enleve l'unique objet, dont la guerre avoit respecté l'innocence ; dans ces avenues, sous ces fastueux berceaux où sommeille & s'ennuie l'impitoyable opulence, non moins fatale aux Empires, que la misere & l'esclavage. Par-tout la vérité brille d'un éclat différent ; elle germe parmi nos moiſſons, gronde & s'enflamme dans la nue qui les menace, pleure ſur le ſeuil de nos révoltants hôpitaux, gémit accablée ſur ces voies publiques, cimentées par le ſang du Laboureur. François, ſi la vérité languit dans les fers au fond de vos cloîtres, elle marche triomphante à la tête de vos Académies; la vérité ſourit dans vos ports à l'aſpect de vos flottes renaiſſantes, & ſe ranime en préſence de vos Légions régénérées.

Vérité bienfaiſante, vérité céleſte, pénetre de tes plus purs rayons le jeune Prince maintenant occupé de l'art dangereux de gouverner les hommes; qu'il connoiſſe la grandeur de ſes fonctions & la difficulté plus grande de les remplir dignement; qu'il ait ſans ceſſe devant les yeux la ſainte image de la Patrie & de l'Humanité; ſans ces deux vertus, les nations les plus floriſſantes ne peuvent eſpérer ni repos, ni gloire, ni félicité solide. Avec l'amour de la Patrie, un Souverain peut être adoré de ses sujets ; avec l'amour de l'Humanité, il peut devenir l'idole du monde entier : sans elles, la gloire des Rois n'est qu'un brillant météore ; & leurs actions héroïques, des crimes heureux qui loin de les élever, les ravalent au rang des bêtes féroces & des scélérats les plus détestables.

Que le Dauphin n'oublie jamais qu'aucun peuple n'a franchi le point du cercle où la Monarchie Françoise est parvenue ; aucun Empire sous le Ciel n'a pu compter autant de siécles d'existence : tout est phénomene autour de ce Trône auguste ; une Famille immortelle regne sur un peuple qui a vu naître & périr cent peuples divers. Mais plus la France s'enfonce dans l'avenir, plus elle doit veiller sur sa destinée. L'Histoire va manquer à sa ſageſſe (13); les faſtes des anciens peuples, trop différens de mœurs, de lumiere & d'induſtrie, ſont moins propres à l'inſtruire qu'à l'égarer; l'hiſtoire des ſociétés modernes, plus faite pour des nations qui voudroient ſortir de la barbarie que pour celles qui en ont ſecoué le joug, lui fourniſſent peu d'exemples intéreſſans. Sur les aîles de l'honneur, la France voluptueuſe, active & ſçavante, a franchi l'abîme où tous les peuples civiliſés ſe ſont engloutis. Maintenant elle vogue à travers les écueils dans des plages inconnues; les autres nations policées viennent à ſa ſuite imitant ſa manœuvre, attentives à tous ſes mouvemens, prêtes à jetter l'ancre au moindre ſignal de danger. Que de prudence! que de lumieres il faut à ſes Chefs pour réſiſter aux tempêtes, aux commotions inteſtines, aux ravages du temps!

Donner

Donner un frein à la vénalité; placer l'expérience & le génie à la tête des manufactures & des arts; rendre au zèle, au mérite, aux vrais talens les honneurs trop souvent usurpés par l'intrigue & la faveur; rapprocher les dignités des fonctions & des charges qu'elles supposent; affermir l'équilibre entre les Ordres de l'Etat; donner un contre-poids aux vices enfans de la cupidité; prévenir l'excessive inégalité des fortunes & les autres maladies du luxe (14); conserver à la Religion la majesté dont l'erreur, les abus & la licence pourroient enfin la dépouiller: voilà la carriere désormais ouverte à tous nos Souverains; tels sont les ennemis contre lesquels Louis n'a cessé de combattre, & qui pourront encore immortaliser l'héroïsme de son Successeur. Pour animer son courage, il se rappellera tous les désordres qu'a prévenu son Ayeul sans répandre le sang d'aucun

Citoyen : ſeul au milieu du conflit des opinions anciennes & des opinions nouvelles, il a ſçu préſerver les corps de l'effervefcence des eſprits : l'impiété a vomi ſes ſerpens ſans intimider ſon courage ; & l'éruption des miracles du fanatiſme qui dans tout autre ſiécle eût produit un incendie, n'a rien ébranlé que le temple de l'erreur : ſon eſprit pacifique a tout concilié ,tout combattu, tout rallié autour de ſa perſonne.

Maintenant les voies ſont applanies, les eſprits préparés, on eſt dans l'attente d'une révolution dans les loix, dans les mœurs, dans l'éducation publique ; des ſages aſſis au pied du trône (15), qui joignent à la vigueur de l'âge mur l'expérience de la vieilleſſe, animés d'une émulation vertueuſe, donneront l'eſſor à leur génie : à l'aide des Académies, ſecondé de la cenſure, Louis-Auguſte pourra donner aux Lettres une nouvelle direction : sous lui la Philosophie deviendra plus sévere, le patriotisme sera plus honoré, l'égoïsme plus avili, l'honneur plus éclairé, le courage plus heureux. Déja son esprit a donné d'heureux présages dans l'espece de culte qu'il a rendu au premier des arts (16) ; déja son ame sensible & généreuse s'est épanouie au récit d'une calamité publique ; & l'or destiné (17) à ses plaisirs à l'instant même a été consacré au soulagement de l'infortune.

Grace à l'esprit philosophique aujourd'hui dominant, le peuple n'a vu dans cette catastrophe qu'une occasion de manifester la bienfaisance de l'Héritier présomptif du sceptre. Au siecle de nos ayeux, lorsque la superstition cherchoit dans le vol des oiseaux & dans les entrailles fumantes des êtres sensibles, la destinée des hommes & le sort des Empires, la nation eût tremblé pour ce Prince & pour elle-même, à la vue d'un évenement qui tout-à-coup a suspendu l'allégresse universelle. Le Temple de l'Hymen détruit par l'orage deux jours après, eût augmenté la consternation & mis le comble à l'imbécillité publique : mais les temps sont changés ; l'homme est devenu raisonnable : avec des Chefs éclairés le peuple cessera d'être absurde & malheureux.

Que j'aime à contempler les pas de la raison sur la terre ! Un vrai Cosmopolite jouit de tous les biens qui surviennent à ses semblables ; rien n'est indifférent à son cœur, il se dilate sur la terre entiere, il croit assister à tous les triomphes de la vertu & de la vérité sa compagne : aux moindres Edits publiés par un Monarque en faveur de ses sujets, il tressaille, bénit le Ciel avec eux & partage leur reconnoissance. Quand je vois l'Inquisition expirante sous ses buchers éteints : quand je vois un peuple actif & respectable secouer le double joug qui l'avilissoit sur le Tage ; & le Chef des Catholiques employant les foudres du Capitole contre ces Peres homicides qui pour amuser nos oreilles, outrageoient la nature sans pitié ni remords : quand je vois des Souverains établir des sociétés savantes pour veiller au maintien des arts, & diriger les opérations de la finance & du commerce : il me semble assister au débrouillement du cahos : je suis les soleils qui s'élancent dans les déserts de l'espace : les planettes vivifiées se couvrent d'hommes & d'épis ; une douce sérénité s'étend sur elles ; l'air que je respire est délicieux ; l'harmonie des élémens, & l'équilibre des mondes m'offre par-tout l'image des heureux Gouvernemens. Que manque-t-il alors à mes vœux ? Je voudrois voir encore l'Européen, l'Américain, le

Chinois & l'Arabe adorant le même Dieu dans le même temple. Ce phénomene est-il possible ? je l'ignore. La perfectibilité de l'espece a-t-elle atteint son dernier période? Je n'oserois prononcer: mais rendons justice à nos Souverains ; jamais les Gouvernemens policés n'eurent des Chefs plus dignes des hommages de leurs sujets ; depuis que l'Europe accueille les amis de la raison & les défenseurs de l'humanité, ses Rois devenus Citoyens, cherchent la gloire dans le bien publique ; images de la Divinité sous le Ciel, ils en imitent la bienfaisance & l'équité. Autour d'eux si la foudre gronde, elle éclate rarement ; le vice une fois intimidé, calme l'orage & suspend les allarmes. Déja l'Europe compte plus d'un Trajan dans son sein. La Saxe a ses Augustes ; la Suède ses Gustaves : le Danemarck jouit de l'aurore du plus beau jour ; l'Astre qui brille ſur la Pruſſe, n'a ceſſé juſqu'ici d'étonner l'Univers : l'Autriche attendrie baiſe la main de ſes bons Maîtres : la Sardaigne & la Savoye, aſſiſes à l'ombre des lauriers d'un Héros Légiſlateur & politique, nous réaliſent la chimère de l'âge d'Or : exercés depuis ſept cents ans dans l'art de rendre les peuples immortels, les Bourbons travaillent avec ſuccès à régénérer l'Eſpagne & l'Italie: l'Angleterre, la premiere, l'unique entre les nations, qui ne craigne rien, pas même la vérité; l'Angleterre offre un aſyle honorable à la Philoſophie, elle lui rend le courage & la liberté, lui érige des trophées & des ſtatues, tout près des ſimulacres du Fanatiſme.

L'époque des révolutions eſt arrivée. Les peuples à la fin convaincus de la néceſſité de s'éclairer, gravitent vers la perfection. Après des ſiécles d'esclavage & d'horreurs, la raison révoltée contre ses tyrans, combat pour la défense de la dignité humaine, & promet à la terre des triomphes inconnus. L'Afrique & l'Inde émues par notre activité, menacent de sortir enfin de leur humiliante inertie. Le nouveau monde découvert par l'audace, dévasté par l'ambition, repeuplé par l'avarice, apprend chaque jour de ses tyrans mêmes, le secret de recouvrer l'égalité, le bonheur & l'indépendance. Jalouses de leur renommée, fieres de leurs succès, la France & l'Angleterre répandent à l'envi leurs lumieres sur la terre qu'elles dominent: les feux dévorants de leur émulation, dissipent les nuages, renversent de toute part les barrieres qui s'opposent au mouvement naturel de la perfectibilité. La navigation qui comble en quelque sorte l'abyme qui séparoit les continents; les besoins du luxe qui rapprochent les nations les plus disparates ; l'habitant des côtes de Guinée devenu nécessaire à la délicatesse Européenne; les liens de l'Humanité raffermis par les vices mêmes des Individus, habiles à tout ramener à leur avantage ; les esprits électrisés d'un pole à l'autre par l'art du Graveur & du *Typographe* ; l'argent, le change, les Colonies, les branches variées & florissantes du commerce, sont autant d'élémens qui fermentent, qui s'élaborent sourdement, & qui préparent au sein de l'espéce humaine des révolutions inouies. En moins de trois générations, la Russie à l'aide de nos connoissances, s'est mise au niveau des Gouvernements les plus éclairés. Le génie de Catherine, fécondé par l'ombre radieuse de Pierre, enfante chaque jour de nouveaux prodiges & démontre à l'Europe déconcertée que tout est possible à l'homme.

Le jour où de Lisle partit de l'Académie des Sciences, pour aller aux extrêmités Orientales de la mer Baltique, élever le premier Télescope, & mesurer les Régions habitées par le Scythe, qui eût osé prédire que le plus brute de tous les peuples, celui que les Césars n'avoient pu vaincre, ni humaniser, seroit en moins d'un demi siécle au rang des nations policés; qu'il figuroit dans l'Europe à qui il étoit absolument inconnu; que lui seul emportant la balance, renverseroit le systême politique des Maîtres du monde?

Le peuple atelé au char des Sultans va prendre l'essor; il s'arrachera des routes fangeuses de l'ignorance; & malgré la politique, en dépit de lui-même, il cessera d'être méprisable. Le cri impérieux des revers, reclame aujourd'hui la nécessité des arts & l'ascendant du génie cultivé: la Philosophie va descendre du Tanaïs sur le Bosphore, elle ouvrira les portes du Sérail, & les Parvis du Divan retentiront un jour des Oracles de Hume (18) & de Montesquieu.

Affreux déserts des Continents, Zones hydeuses dans des climats beaux, qui vous donnera la vie & la fécondité ? qui desséchera ces marais ? qui rendra ces fleuves navigables? quelle main couronnera de jeunes forêts ou de pampres, ces côteaux, ces montagnes stériles depuis l'origine du monde ? Vaste gouffre des mers, sublime Océan, pourquoi tes charmants rivages ne sont-ils encore peuplés que de reptiles & de monstres ennemis de l'homme ? Déja nos hardis édifices suspendus sur tes abîmes, bravent la foudre & la tempête ; tes vagues en courroux ne sauroient arrêter leur vol impétueux. Sans doute, l'homme infatigable, l'homme fait pour embellir la nature, déployant sa puissance sur tant de plages abandonnées, réléguant les especes nuisibles dans la Zone brûlante & par de-là les Tropiques, enfermera un jour ton enceinte immense de ses Colonies, de ses villes opulentes, de ses arts merveilleux & des autres monuments de sa grandeur.

Mais l'Europe conservera sa prééminence : dépositaire du feu sacré, elle continuera de nourrir dans son sein les germes des talents & du génie; elle régnera sur l'Univers par le plus doux & le plus noble des titres; tous les peuples du monde y viendront puiser la vérité, la sagesse & le bonheur (19). Telle autrefois l'Italie alloit chercher des loix en Grece & la Grece en Egypte: ainsi nos Souverains en travaillant à la félicité de leurs sujets, feront encore les bienfaiteurs de l'Humanité entiere; ils renouvelleront à nos yeux, mais dans un plus vif éclat, les beaux jours de Memphis, de Rome & d'Athênes.

Un noir pressentiment me saisit & m'accable. Dans ces brillants jardins, sous ces fameux portiques, d'où Socrate & Platon éclairoient l'Univers; des Califes, des Imans, des Dervis, des Muftis, l'Alcoran à la main, illuminent des barbares: l'insensible Ottoman foule aux pieds la cendre des Aristide & des Solon. Les trophées de la gloire humaine gissent au milieu des déserts. L'Antiquaire descend dans les ruines du monde, il n'y rencontre que des monuments de nos fureurs. Le Voyageur égaré sur les ruines de Thèbes, de Palmire & d'Alexandrie, devine à peine les traces de leur antique splendeur; il marche avec effroi sur des Légions foudroyées, sur des couronnes flétries, sur des peuples confondus dans la poussiere. Comme tout s'écroule ici bas! Quelle lugubre ſcène autour de moi! que d'Aſtres éclatans enſevelis dans l'ombre! Des palais abattus, des chefs-d'œuvres mutilés, des tombeaux entrouverts, la Nature en deuil, hideuſe & décrépite, y ſemble gémir ſur les outrages qu'elle a eſſuyé de ſes enfants! Se peut-il que la même deſtinée nous attende? ſe peut-il, ô ma Patrie! ô mes amis! ſe peut-il qu'un jour nos brillantes Cités, nos campagnes délicieuſes feront un horrible amas de décombres hériſſées de chardons & d'épines! Ce fleuve majeſtueux, où ſe promenne l'orgueil & les flottes d'Albion, ſera déſert, inconnu, inutile aux habitans de la terre. Et la Philoſophie un jour errante ſur nos ruines, ſur les débris de l'Europe entiere, ſe dira triſtement: ici s'aſſembloient les trois Puiſſances à deſſein d'affermir leur conſtitution trop ſouvent ébranlée par l'enthousiasme : dans ce temple élevé à la Nature, étoient étalées les productions & les merveilles des continents & des mers : là, s'élevoit le tombeau de Newton : plus loin, dans ces climats glacés, reposa long-tems l'urne de son Précurseur... Ce vaste port fut le rendez-vous des nations : sous ces marécages sont ensevelies quarante villes opulentes : hélas ! ceux qui avoient enchaîné l'Océan, n'ont pu trouver de digues contre le choc des intérêts... Au haut de ces Dômes qui chancellent, Kepler, Cassini, Galilée cherchoient dans les Cieux des flambeaux à l'Histoire & des phares à nos vaisseaux... Ce bronze indique un monument à la gloire d'un Roi bien-aimé (20) : là, Voltaire & Moliere avilissoient l'hypocrisie & la superstition : là, le plus grand des François, le plus illustre des Cosmopolites dévoiloit à ses Contemporains les fautes d'un grand peuple & sa décadence, sa chûte effroyable n'ont rendu sage aucun d'eux....

Dieu Tout-puissant, dont la volonté dirige la course éternelle, harmonieuse & rapide des Cieux qui se pressent dans l'espace infini ; Etre des Etres, suspend les allarmes de la Philosophie qui t'implore ; daigne éteindre l'embrâsement dontla terre est menacée. Dieu Bienfaisant pénétre nos cœurs des rayons du tien ; donne aux Souverains la modération, le dèsintéressement & la grandeur d'ame aux Ministres ; donne aux différents Ordres des Sociétés l'esprit de subordination & de fraternité, si nécessaire au repos domestique ; donne pour jamais à l'Europe avec la Bienveillance & la justice, le sentiment profond de ses vrais intérêts & des obligations respectives, sans lesquelles il n'est point d'amitié solide entre les peuples.

NOTES.

(N°. 1.) *Page* 10. Cette double alliance eſt particulierement l'ouvrage des négociations du Cardinal de Bernis, du Comte d'Aubeterre & du Duc de Choiſeuil; le ſeul homme en France qui dans ce ſiécle ait oſé tenter des innovations dangereuſes & difficiles, & qui jouiſſe de ſes ſuccès au ſein même de la faveur.

(N°. 2.) *Page* 11. Je n'entends jamais ſans rougir, prononcer le titre de *Roi de France*, parmi ceux du nôtre. Il ſeroit de la décence, autant que de la juſtice, de renoncer à ces odieux uſages; & d'imiter à cet égard l'article du traité de Ryswick, où la France & les Provinces Unies, renoncent ſolemnellement à toutes leurs prétentions respectives. A chaque diette, à chaque traité mémorable, les Souverains & même des familles particulieres renouvellent d'antiques prétentions à des Provinces, à des Royaumes qui leur sont étrangers. L'on ose protester contre toute prescription, comme si la prescription n'étoit pas le titre le plus sacré dans ces sortes de propriétés-là. Nous nous élevons avec justice contre les prétentions de l'Evêque de Rome, sur le temporel des Souverains; par quelle inconséquence ne flétrissons-nous pas des mêmes sentiments les démarches de quiconque s'obstine dans ces absurdités barbares. Tous ces actes, sont autant d'étincelles qui n'attendent qu'une occasion favorable, & une main criminelle pour allumer un incendie.

(N°. 3.) *Page* 14. Tout le monde sait que la justice de nos dernieres conquêtes n'est fondée que sur une phrase équivoque du traité d'Utrecht; les Ministres plénipotentiaires destinés à présider aux traités de paix, devroient au moins savoir la Logique, afin de rédiger correctement les articles de ces contrats sacrés; par-là, tout Infracteur resteroit chargé de l'atrocité de son crime, & ses manifestes étalés à la face de l'Univers & devenus les Hérauts de sa honte, ne serviroient qu'à provoquer contre lui l'indignation publique. Un de nos Citoyens avoit proposé à la Chambre des Communes, de faire écrire nos traités de paix sur des Obélisques qu'on éleveroit au milieu de nos places publiques. Ces monuments exposés à la vénération des peuples, leur apprendroient à respecter leurs Alliés, en se respectant eux-mêmes. Cela vaudroit bien les simulacres d'un fleuve, d'une

Déeffe impudique, ou du brigand par qui ces pactes furent violés.

(N°. 4.) *Page* 15. Trainé, dit-on, par des Rois captifs, Sefoftris étend fes conquêtes & fes ravages du Danube au Gange; Cyrus enchaîne Babilone à fon char; l'heureufe Egypte eft déchirée par un frénétique ; la Perfe & l'Inde font accablées fous les Phalanges du fils d'Olympies ; Céfar, Annibal arrache à fa patrie le dernier foupir ; Alaric, Attila, Bajazet, Tamerlan, Jangis, une infinité d'autres fcélérats forcent (qu'on me permette l'expreffion) forcent les barrieres de l'immortalité, & vont fe placer à côté des Titus, dans le Temple de la Gloire. Pourquoi les Monarques ne peuvent-ils parcourir eux-mêmes les faftes de l'ambition? Sur les traces des Conquérans, ils découvriroient des crimes affreux, & des erreurs plus monſtrueuſes encore; ils en ſuivroient la déplorable influence; à cette horrible école, ils ſe formeroient aux ſublimes vertus. Nous n'avons qu'un inſtant pour nous aimer & nous reproduire, & ce rapide inſtant, nous l'employons à nous haïr, à nous dépouiller, à nous égorger. Ce n'eſt point la faute de l'Hiſtoire, ſi les Gouvernements modernes ſe trouvent à chaque inſtant au bord du précipice. On n'ignore plus aujourd'hui que ces guerres déſaſtreuſes dont la terre eſt déſolée, n'ayent leur cauſe dans l'intolérance, dans l'ambition excluſive des nations. Borné à l'horiſon étroit des vertus domeſtiques, l'homme ſemble dédaigner la gloire d'être juſte & bon envers l'étranger; comme ſi l'habitant de l'Equateur & l'habitant du Pole n'étoient point nos ſemblables; comme ſi les rayons de la sensibilité, pareils à ceux de l'Astre qui nous éclaire, ne devoient pas s'étendre sur tout ce qui nous environne. Un Conquérant humain, est sans doute un mortel digne de nos hommages ; le Vainqueur de Poitiers par sa modération, par sa modestie, & son respect tendre pour un Roi son prisonnier, mérite les plus brillantes Couronnes de l'héroïsme ; mais qu'un Prince, dont la main n'a jamais trempé dans le sang, est supérieure au Conquérant le plus magnanime ! J'admire & je revere le Glorieux fils de notre Edouard ; mais j'aime & j'adore ce bon Duc de Lorraine, inconnu à ceux dont l'enthousiasme ne s'éveille qu'au fracas du tonnerre, aux rugissements de la victoire, & aux bruits des chaînes de ses captifs : Maître d'un petit Domaine, il ne cherche point à l'aggrandir : tandis que ses voisins dépeuplent leurs Etats pour conquérir des déserts; lui n'étend les siens que par l'industrie, par le commerce & la population: que les autres mettent leur gloire dans le ravage & la misère; lui met la sienne dans la paix, & l'abondance de ceux que le Ciel lui a confié: tandis que l'ambition de donner un Maître à l'Espagne, arme toutes les Puissances de l'Europe; lui, petit fils du Vainqueur des Ottomans, lui que la gloire appelloit alors dans la carriere de ses peres, Léopold fait taire son courage, il ne voit rien dans les riches dépouilles de l'Héritier de Charles V, qui puisse émouvoir ses vertus héroïques; le bonheur de ses sujets lui tient lieu de tout; & par un prodige de politique, au milieu de l'incendie général de l'Europe, la Lorraine est l'asyle de la paix, de la justice & de la bienfaisance. Héros du nord & du midi vos victoires, vos triomphes, vos vastes conquêtes valent-elles le bonheur dont jouit ce Prince adoré ? Votre nom a rempli l'Univers, mais vous n'avez jamais entendu un peuple attendri pleurer à votre aspect & vous donner le nom de pere : vous avez ébloui vos Contemporains, mais la postérité qui vous méprise & vous déteste, la postérité qui récompense les hommes par le bien & non par le mal qu'ils ont fait, place Léopold au rang des demi Dieux & vous relégue avec les Nérons, les Tiberes & les Caligula.

(N°. 5.) *Page* 19. Jusqu'au 16e siécle, la Suisse étoit un phénomene sur la terre ; rien n'avoit altéré l'union de ses Membres ; ni les jalousies, ni l'ambition, ni les intérêts opposés, rien en un mot, de ce que la politique & la sagesse regardent comme incompatible avec la ſtabilité des Empires, n'avoit pu ébranler ce redoutable Corps. En 1516, Zuingle paroît : de miſérables ſubtilités ſcholaſtiques bouleverſent tout ; les cerveaux fermentent, la guerre s'allume ; après quinze années d'horreurs, le déſordre ne finit que par la ſciſſion du corps helvétique. Ainſi la Puiſſance la plus formidable de l'Europe, ſe vit pour jamais affoiblie, & diviſée par un obſcur fanatique. Aujourd'hui victime de ſes préjugés ſacrés, la Pologne eſt peut-être à la veille d'éprouver une plus déplorable cataſtrophe.

(N°. 6.) *Page* 25. » *J'aime mieux » ma famille que moi-même ; j'aime » mieux ma patrie que ma famille ; » mais j'aime encore mieux le genre » humain que ma famille ». Telle étoit la morale de ce Fénélon, qui dans une Cour où l'égoïfme national étoit honoré des plus glorieux titres, ofa prêcher éloquemment le Cofmopolifme, & érigea à l'humanité un monument digne du fiécle de l'Encyclopédie. Le fentiment affocié à la raifon, n'a jamais rien produit d'auffi noble & d'auffi attendriffant que le Télémaque. Les maximes de ce livre devroient être gravées en lettres d'or fur les colonnes de nos Palais & de nos Temples. Heureux émules des Michel-Ange & des Raphaël, Cochin, Doyen, Pigal, que de grouppes fublimes, combien de chefs-d'œuvres la plume de ce Grand homme offre à votre génie !

(N°. 7.) *Page* 26. Des nations enchaînées fur nos Places publiques! Quel fpectacle pour des hommes qu'on veut humanifer! Les monuments élevés en France à la gloire de Louis XV, ſont d'une compoſition plus ſage & plus touchante : ces chefs-d'œuvres comparés décélent la différence des deux ſiécles. Ils ſuffiroient ſeuls pour réſoudre un grand problême, & pour terminer une diſpute digne d'un peuple barbare, contre un peuple civiliſé.

(N°. 8.) *Page* 29. Rappellons-nous ces jours de criſe qu'on n'a vu qu'une fois dans l'étendue des ſiécles; jours de miſere & de licence, où l'Europe entiere étoit couverte d'opprimés; où l'erreur & le fanatiſme, plus funeſte aux Sociétés, que l'athéiſme & l'ignorance, avoient érigé la force en droit, l'eſclavage en devoir, avoient banni l'humanité, flétri les vertus, conſacré preſque tous les vices, & proſtitué aux monſtres qui dépravoient l'Univers, les biens & les honneurs deſtinés aux Citoyens utiles & généreux ; jours de confuſion & d'horreurs, où l'autorité de la terre & l'autorité du Ciel en efferveſcence, avoient entierement obſcurci la lumiere naturelle, égaré les paſſions, & bouleverſé les rapports légiſlatifs & politiques, qui peuvent unir les hommes.

(N°. 9.) *Page* 38. Il faut lire leurs Philoſophes ; il faut entendre leurs Orateurs ; » la France entiere, dit l'un » d'eux, eſt le Temple de l'humanité ; » dans tous les tems, protectrice des » Rois infortunés, elle ſe glorifie ſur-» tout d'être la libératrice des eſ-» claves : ſitôt qu'ils touchent cette » terre heureuſe, leurs fers tombent, » ils marchent les égaux de leurs » Maîtres. Tout eſt libre dans un » Royaume où la liberté eſt aſſiſe au » pied du Trône, où le dernier des » ſujets trouve dans le cœur de ſon » Roi les ſentiments d'un pere ; où

» l'on ne connoit ni le despotisme » des Monarchies, ni les orages des » Républiques. *Nul n'est esclave en » France*, voilà la maxime fonda- » mentale; maxime formée par une » espece d'acclamation unanime, res- » pectée par le tems, affermie par » l'autorité; maxime peut-être la plus » glorieuse à la nation & au Prince » qui la gouverne: tous les Rois sont » environnés d'esclaves, & il suffit » aux esclaves pour être libres, d'ap- » procher du Trône de la France. » Une Galere Espagnole échoue sur » nos côtes; trois cents Maures y » servoient comme esclaves; nuds, » chargés de fers, la rame à la main, » ils se jettent aux pieds du Roi & » demandent à grands cris leur liber- » té. Henri II assemble son Conseil, » consulte les Grands du Royaume, » & malgré l'opposition de l'Ambas- » sadeur d'Espagne, malgré l'ascen-

» dant que cette nation avoit alors » ſur les Puiſſances de l'Europe, le » principe prévaut. Le Roi déclare li- » bre les trois cents eſclaves, & porte » la générosité juſqu'à les faire recon- » duire dans leur patrie; tandis que » les hommes travaillent avec une » eſpece de fureur à s'aſſervir les uns » les autres, le beau ſpectacle qu'un » monument élevé à la liberté par la » main d'un Roi » !

Long-tems avant Henri II, une Ordonnance ſolemnelle de Louis X, avoit conſacré cette maxime » nous » conſidérant que notre Royaume » eſt, nommé le Royaume des » *Francs*, & voulant que la choſe » ſoit de la vérité accordante au » nom, avons ordonné que toute » ſervitude ſoit ramenée à franchiſe «.

(N°. 10.) *Page* 40. J'excuſe un peuple, lorſque trompé par ſes paſſions, & ſe propoſant une fin à laquelle il lui ſera funeſte d'atteinde, il y marche par des voies capables de l'y conduire; au moins eſt-il conſéquent dans ſes erreurs. Mais qu'on s'éloigne du but auquel on aſpire; qu'on raſſemble des contraires; qu'on veuille jouer des rôles incompatibles; qu'on veuille figurer, & par la guerre & par le commerce, & par l'équité & par l'uſurpation; qu'on prétende aſſocier de bonnes mœurs à des richeſſes énormes, la frugalité à la plus grande abondance, les ſoins du Gouvernement domeſtique, avec les immenſes détails de la politique & des affaires étrangères; qu'on ambitionne à la fois & d'appauvrir les nations, & de faire avec elles un commerce lucratif; qu'enfin l'on accable de dettes la choſe publique à deſſein de l'enrichir, & de donner à des Etats médiocres la ſplendeur & la puiſſance des grandes

Monarchies ; voilà de ces ineptes contradictions qu'on ne pardonne point à la politique ». Il faut espérer » que l'Europe, enfin instruite par » mille expériences répétées, & par » les écrits des Philosophes, parviendra un jour à ne donner au commerce que la place qu'il doit occuper dans la Société, & à le conduire par les principes qui lui conviennent. Bien loin d'être alors une » source de corruption, de calamités, » de querelles & de guerres, il servira de lien entre toutes les nations, & leur fera aimer la paix «. Voyez le docte & judicieux Abbé de Mably, sur le droit public de l'Europe.

(N°. 11.) *Page* 41. Une ambition destructive, une insatiable avidité, des vertus de parade, d'insidieuses finesses, une méfiance extrême, une jalousie odieuse & puerile, n'ont que trop longtems flétri la renommée de la Grande Bretagne

Bretagne. Qu'en a-t-elle recueilli ? des préjugés de grandeur imaginaire, une puiſſance factice, une foibleſſe réelle ; tel eſt le plus ſenſible effet de nos vaſtes conquêtes. On ſe plaint parmi nous de ce que le miniſtère ne tire aucun parti de tant de Colonies floriſſantes ; & nous nous épuiſons pour en acquérir de nouvelles. La France doit peu regretter la perte de ſes poſſeſſions maritimes, quand elle voit l'uſage que nous en faiſons. Si certains peuples pour avoir fait de grandes conquêtes ſe ſont détruits, quoique leur conſtitution fut entierement militaire, comment ſous un Gouvernement incompatible avec les armes, l'Anglererre oſe telle ſeulement tenter des entrepriſes belliqueuſes ? Avec de petits moyens doit-on ſe promettre de grandes choſes, ſur-tout dans un ſiécle où la concurrence des nations marche à côté de l'induſtrie la plus active ? Le luxe de Rome conquérante, à qui nous nous assimilons, étoit bien différent du luxe Anglois: les mœurs des Camille & des Fabricius, étoient encore plus éloignées de nos mœurs: le Sénat pour conquérir l'Afrique, ne surchargea point l'Italie d'impôts, il ne fit aucun emprunt, il n'acheta aucun Allié à prix d'argent, il n'eut point recours à des Légions étrangeres & vénales. Plusieurs flottes sortirent des ports d'Italie, sans aucun effort de la part de la République, & cinquante années de guerre ne purent tarrir la source de ses Finances; parce que le Trésor public étoit renfermé dans les mœurs de ses Citoyens, & que chaque famille dégagée des intérêts subalternes qui nous dominent, s'identifioit toute entiere avec la Patrie. Les guerres étrangeres qui préservoient Rome de la destruction, fournissent à nos Rois les plus sûrs moyens de nous écraser; les richesses de Visapour & du Potose, tout le commerce du monde pourroit-il jamais nous dédommager de la perte de notre liberté? A chaque Province ajoutée à notre Empire, je n'apperçois qu'un plus grand nombre d'intérêts à concilier, plus d'événements à redouter, plus de passions à contenir, plus de mécontents à satisfaire, plus de crimes à punir; notre administration compliquée à l'excès, devient plus facile à renverser; le Gouvernement s'ouvre aux séductions, aux cabales, aux intrigues, aux exactions, aux désordres de toute espece; convenons que si l'Angleterre eut employé à améliorer les Domaines qu'elle posséde, les sommes immenses que lui a couté la derniere guerre, nous serions infiniment plus riches, plus puissants & plus respectés.

(N°. 12.) *Page* 44. Arbitres des humains, rendez justice à tous; craignez les plaintes des malheureux;

elles parcourent la terre, elles franchissent les mers, elles pénétrent les Cieux, elles changent la face des Empires : il ne faut qu'un cri de l'innocence opprimée pour ébranler l'Univers. Voyez le livre *des mœurs des Rois* du Persan Saadi.

(N°. 13.) *Page* 48. L'Histoire fournit aux hommes privés, d'excellents modeles, mais elle est souvent inutile aux plus pressants besoins de l'homme public ; sur-tout lorsqu'il s'agit de certains détails d'économie, & des grands rapports législatifs. Consultez ceux que le hasard, ou la faveur, ou le mérite ont conduit dans les sphères les plus élevées de l'administration ; tous se plaignent du silence des Historiens ; tous ont été réduits à gravir à taton dans le cahos des événements. Le recueil énorme des sottises humaines, plus favorable aux entreprises de la folie, qu'aux mouvements de la sagesse, n'apprend rien sur les dettes nationales, rien ſur la nature & les effets des emprunts, rien ſur la circulation de l'argent, ni ſur l'équilibre du change, rien ſur différents canaux de commerce, rien ſur le ſort des Sociétés, dont l'exiſtence & la richeſſe tient à la ſeule induſtrie; peu de choſes ſur la deſtinée, ſur les avantages & ſur l'adminiſtration des Colonies, moins encore ſur la ſaine théorie des impôts & du luxe. Le monde a grand beſoin d'une révélation nouvelle à cet égard : la Morale Evangélique toute accomplie, toute ſublime qu'elle eſt, nous abandonne ici aux lueurs intermittentes de la prudence humaine. Les anciens Miniſtres devroient conſacrer à cette partie de la Morale & de l'Hiſtoire, les loiſirs de leur retraite: eux ſeuls peuvent remplir cet objet important. Un Littérateur iſolé qui veut peindre le ſecret du Gouvernement, donne ſes rêves pour la vérité; ſes écrits qu'adopte la postérité, peuvent avoir un jour de pernicieuses influences. Il faudroit qu'un Historien politique eût vécu au centre des tourbillons ; il faudroit qu'il eût agité lui-même les problêmes dans les Conseils ; il faudroit en outre, que les Princes eussent le courage d'entendre revéler & commenter leurs écarts ; la faveur & la liberté qu'ils accorderoient à ces critiques, feroient placer leurs fautes mêmes, au rang des plus héroïques vertus. Cet usage a long-tems subsisté dans les beaux siécles du Gouvernement Chinois. On peut consulter les intéressants mémoires de M. de Guignes, sur cette nation ; & en particulier, sur les fonctions attachées à leurs deux especes d'Historiens.

(N°. 14.) *Page* 49. Au risque d'être condamné à Paris comme criminel de leze-honnêteté, je vais hasarder une observation sur un point de luxe qui m'ombrage ; sur-tout dans l'état actuel des choses : je ne puis entendre crier famine au milieu de la prodigalité. L'on consomme en France autant de bled en poudre inutile, qu'il en faudroit pour nourrir la plus grande de nos Provinces. Chacun peut vérifier aisément ce calcul. On diroit que la chevelure est une nudité parmi nous ; il est des hommes qui aimeroient mieux endurer la faim, que de se montrer en public avec une perruque blanchie mesquinement. Il y a tel homme en ce pays de frivolité, qui dépense en farine, autant pour ses cheveux, que pour son estomach. Tant que des infortunés manqueront de pain, je ne vois pas l'injustice qu'il y auroit à proscrire un usage aussi bisarre : il est tant d'autres moyens de se rendre ridicule ! Bientôt l'épidémie sera universelle en Europe ; elle a déja franchi l'Océan. La substance la plus nécessaire aux hommes, ne devroit pas être ainsi prophanée.

(N°. 15.) *Page* 50. Long-tems à portée d'obſerver les abus & les vices, M... & T... ont entendu les vœux de la nation, les ſoupirs du peuple, ont étudié les loix, médité ſur les ſyſtêmes & les réformes. Plus d'une fois leur ſageſſe égarée parmi le dédale des coutumes & des réglements, a vu l'innocence prête à périr ſous le glaive aiguiſé pour ſa défenſe. Leur cœur a frémi de l'audace de la chicanne inſatiable & cruelle, qui tantôt couvre le crime de la redoutable Egide, tantôt imite ce Vautour acharné ſur le ſein d'un malheureux qui ſollicite envain ſa pitié. Tous deux ont ſenti le prix & les abus du ſavoir : tous deux cherchant la vérité par gout, autant que par beſoin, ont voulu voir les Philoſophes dont ils connoiſſent les chimères & les plus ſaines idées, les écarts & les travaux immortels. Appellez à la Cour par le meilleur des

Rois, M... & T... seconderont ses desirs, & le suivront à la gloire.

(N°. 16.) *Page* 51. On a consacré une estampe *à Monseigneur le Dauphin, labourant la terre.* Je présume que l'estime de ce Prince pour le plus utile des arts, est l'ouvrage d'une éducation Philosophique. Il est bien étonnant que l'Europe ait commencé si tard à mettre l'Agriculture en honneur, tandis qu'à six mille lieues d'elle, des peuples à demi barbares, ont depuis trois mille ans pour maxime, que l'autorité Souveraine ne se maintient que par les armées, les armées par l'argent, l'argent par le commerce, & le commerce par la culture des terres.

(N°. 17.) *Page* 51. *Lettre du Dauphin, au Lieutenant Général de Police.* » J'ai appris le malheur arri-
» vé à Paris à mon occasion : j'en suis
» pénétré. On m'apporte ce que le Roi
» m'envoye tous les mois (6000 liv.)

» je ne puis disposer que de cela ; » je vous l'envoye, secourez les plus » malheureux. J'ai, Monsieur, beau- » coup d'estime pour vous. *Louis-* » *Auguste* «.

Ce Prince voulant ajouter la modestie à la générosité, n'avoit fait confidence à personne de sa lettre, ni de la réponse du sensible Magistrat; parce qu'elle renfermoit, dit-on, les sentiments énergiques d'un Philosophe qui se connoit en vertus. L'action du jeune Epoux a influé sur le riche comme sur le pauvre : attendris par cet exemple, autant que par les sanglots des malheureux, tous les Corps de l'Etat ont à l'envi signalé leur compassion : la bienfaisance a répandu l'or du Clergé, de la Noblesse, des Princes du sang, & même des Financiers.

Un Prince qui s'annonce ainsi à la terre, contracte avec elle & avec lui-même, des engagements sacrés & difficiles à remplir. Ces premiers faits vont servir de baze à l'opinion publique. L'étranger, ainsi que le François, n'appréciera désormais les jours du Dauphin, qu'en les opposant à ceux-ci : & si dans ce Prince les actions de l'âge mûr, n'égaloient point celles de l'adolescence, il entendroit bientôt la renommée changeant de ton, faire changer de langage à l'Europe étonnée. Faits pour tracer la peinture des biens & des maux d'ici bas, nos Orateurs & nos Poëtes diroient alors à la génération naissante & aux siécles futurs : » la » plus Noble tige étoit sortie du mi- » lieu des tombeaux : sa jeune tête » gracieusement élevée dans les airs, » fixoit sur elle tous les regards : ses » flexibles ramaux prenoient chaque » jour un nouvel essor : déja l'on s'as- » sembloit à l'ombre de leur feuillage ; » on en goutoit la fraîcheur ; on en » traçoit les contours ; on en vantoit » la vigueur & l'étendue. Les fleurs » avoient enfin entr'ouvert leur Calice,

» la France en respiroit les doux parfums; & l'espoir de l'Automne mettoit le comble aux jouissances du Printems : mais soudain l'arbre a dégénéré, ses feuilles ont jauni, les plus heureux germes se sont corrompus sur la terre qui devoit les nourrir : maintenant l'arbre est abandonné à de vils insectes qui le rongent; la France éplorée ne le voit plus qu'en rougissant; & les nations, témoins des humaines vicissitudes, plaignent le malheur de tous deux en tremblant pour elles-mêmes «.

France, ne cherche point dans l'avenir des calamités imaginaires : le présent n'a pour toi rien de sinistre; il ne peut qu'embellir l'illusion de l'espérance. Livrons-nous donc, ô mes amis! livrons-nous sans réserve à de rians présages. Et vous, la gloire de votre sexe, vous rivale des Charlemagne & des Antonins, venez affermir la sécurité dans les esprits; fixez l'allégresse & l'amour dans l'ame du François : que ne doit-il pas attendre d'une Reine née de votre ſang & formée par vos ſoins ?

(N°. 18.) *Page* 59. Hume, le plus éclairé de nos politiques, le plus ſavant de nos Ecrivains, le plus ſage de nos raiſonneurs, le modele des Coſmopolites : juge impartial, quoiqu'Anglois, appréciateur exact des nations & des Gouvernemens qui les caractériſent : Philoſophe ſans oſtentation, qui maîtriſe les eſprits ſans paroître y prétendre : l'incertitude où ſouvent il entraîne ſes Lecteurs eſt toujours l'effet d'un jugement exquis. Nul Ecrivain ne ſe reſſent moins du terroir que celui-là : notre Hiſtoire entre ſes mains eſt devenue une école de ſageſſe, également utile à ceux qui gouvernent & à ceux qui obéiſſent. Après Walpool, il eſt le ſeul parmi nous qui ayant connu les François, ayent eu le courage de leur rendre juſtice : ce qui met le ſceau à ſa gloire, c'eſt d'être univerſellement eſtimé dans ſa

Patrie, malgré ce qu'il a dit en faveur de sa Rivale.

(N°. 19.) *Page 61.* Un François qui sait observer & peindre, après avoir établi la différence de l'Europe moderne & de l'Europe ancienne, a conclu d'une maniere très-convaincante, que sans une révolution du globe, il étoit désormais impossible que l'espece humaine rentrât dans la Barbarie.

(No. 20) *Page 63.* Les bons Rois seroient les plus heureux des mortels, s'ils pouvoient être témoins de ce que fait pour eux la reconnoissance des peuples. Nos maisons, ainsi que nos cœurs, sont autant de temples à leur gloire. Leur nom adoré est sans cesse sur nos lévres; leur effigie décore tous les lieux que nous habitons: la vertu s'efforce de mériter leur suffrage; les arts lui disputent cet honneur; le génie lui consacre ses chefs-d'œuvres; la félicité publique se complaît à repréſenter ſon héros ſous mille emblêmes nouveaux & touchans : tout le bien qui ſe fait ſous ſon regne vient de lui ſeul ; le mal eſt imputé aux Miniſtres qui l'environnent ou à leurs Subalternes. Eſt-il malade ? c'eſt un deuil, une conſternation générale : eſt-il hors de danger ? ce ſont des fêtes, ce ſont des tranſports dont le pinceau ni la plume ne ſçauroient eſquiſſer l'énergie. La mort de Marc-Aurele fut une calamité publique ; il eut ſes Temples, ſes Prêtres, ſes Autels. On auroit peine à compter les ſtatues qu'on lui fit ériger & les lieux où ſa mémoire fut révérée : le ſouvenir de ſes bienfaits ſe perpétua dans les cœurs ; on ſe faiſoit une obligation d'avoir ſon image parmi celles de ſes Dieux Pénates, & l'on regardoit comme impie, dit l'Hiſtorien de cet Empereur, on regardoit comme impie ceux qui ne l'avoient point.

FIN.

Livres nouveaux qui ſe trouvent chez Valade, Libraire, rue Saint Jacques.

Almanach des Marchands, Négociants, Fabriquants de la France & du reſte de l'Europe, *vol. in-8.* *6 liv.*

Contes très-Mogols, par un Vieillard quelquefois jeune, pour ſervir de ſuite ou de commencement à l'Hiſtoire des Empereurs Mogols, *vol. in-12. br.* 1 *liv.* 4 *ſols.*

Eloge de Bayard, avec ſon Portrait au naturel, *vol. in-8. br.* 1 *liv.* 4 *ſols.*

(Les) Erreurs de Voltaire, recueillies par M. Nonotte, nouvelle édition augmentée de 100 pages ſur les précédentes, 2 *vol. in-12.* 5 *liv.*

LES JOURS, pour ſervir de correctif, & de ſupplément aux NUITS D'YOUNG, par un Mouſquetaire noir, 1 *liv* 16. *ſols.*

PORTE-FEUILLE du R. P. Gillet, ci-devant, ſoi-diſant Jéſuite, Nouvelle édition, dans laquelle on a ajouté, l'entrée triomphante du P. G. aux enfers, avec ſon retour ſur la terre, *vol. in-12.* 1 *liv.* 10 *ſols.*

Pſyché, Poëme, *in-12.* 1 *liv.* 10 *ſols.*

Le Nouveau Spectateur, ou Examen des Nouvelles Pieces de Théâtre, avec des Ariettes nouvelles notées, 3 *cahiers, vol. in-8.* 3, *liv.* 12 *ſols.*

LE ROYALISME, ou Mémoire de du Barry & de Conſtance Cézelly, ſa femme, avec le Portrait de Madame la Comteſſe de du Barry, à qui il eſt dédié, *vol. in-8. belle édition* 3 *liv.*

www.ingramcontent.com/pod-product-compliance
Ingram Content Group UK Ltd.
Pitfield, Milton Keynes, MK11 3LW, UK
UKHW021555260726
13993UKWH00002B/860

9 782329 261065